이 세상 어떤말로도

조유정

새미

겸허한 성찰로 다듬어진 언어

제2시집 출간을 기쁜 마음을 담아 축하드립니다.

오늘날 많은 사람들은 자기만의 세계 속에 갇혀 살아가고 있습니다. 상대적으로 풍요롭고 넉넉해진 물질세계와는 달리 정신적인 세계는 오히려 더 삭막해지고 각박해져 가고 있습니다. 현대사회가 전문화되고 이성화되고 있다고는 하지만 모두가 세속화된 전문가 개인으로만 살아간다면 인간다움은 소멸되고 기계적인 인간관계로 전락하고 말 것입니다.

순수하고 인심 좋았던 농촌 사람들의 만남에서도 수익성과 사업성을 먼저 따지는 냄새가 풍겨 나옵니다. 이렇게 거칠고 번잡한 시대에 우리들의 잃어버린 꿈을 소중하게 갈무리하는 마음의 여유를 잠시 가질 수 있는 것 중의 하나가 시를 읽는 것이라고 생각합니다.

살아가면서 자신의 삶에 열정을 쏟고 불을 지필 수 있는 것을 찾아나서는 일은 행복한 삶을 만들어가는 소중한 여정입니다. 시인의 <詩라는…> 글에서 "지구상에 그놈 하나있는

것이 내가 사는 이유이다 그놈의 눈빛 하나에 천국에서 지옥
으로 지옥에서 천국을 오가며 신열이 난다 그놈이 있으므로
사소한 일상 의미가 되고 존재 비로소 새로워지며 맘에 드는
시 한 귀에 세상을 얻은 양 살고 싶은 이유가 된다"고 시인은
고백을 합니다.

　시인의 고백처럼 詩를 짓고 詩를 읽으며 詩 안에서 행복과
구원을 찾는 詩人의 염원은 범인과는 다른 아름다운 정신세계
입니다.

　문단에서 활발하게 시 창작 활동을 하는 시인은 감수성이
풍부한 신앙시인이며 유아교육에 30여년을 헌신한 교육자입
니다.

　시에서 보이듯이 그는 투박하고 딱딱한 것을 갈아서 섬세
하고 부드럽게 광택을 낼 줄 아는 재주를 가지고 있으며, 겸허
한 성찰과 심지 깊은 신앙에서 나오는 그의 시(詩)는 감정을
일렁이게 만들며 따뜻하고 포근한 사랑의 향기가 곳곳에

배어나옵니다.

　이번 시인의 시집에는 신앙적인 시심을 느낄 수 있는 작품들과 상상력의 근저에 신앙심이 작용하고 있는 작품들이 적지 않게 실려 있어 시인의 아름다운 마음과 정신세계의 품격을 느낄 수 있습니다.

　시인의 섬세한 감성적 시어(詩語)와 삶의 경험 속에서 얻어진 한편 한편의 글이 상처받고 움츠러들었던 우울한 마음을 위무(慰撫)하는 종소리가 되기를 기대해 봅니다. 언제나 참신한 창조적 에너지가 더욱 새롭게 솟아나기를 기원하며 건필하시기를 바랍니다.

대전충남가톨릭문학회지도신부 정지풍 아킬레오

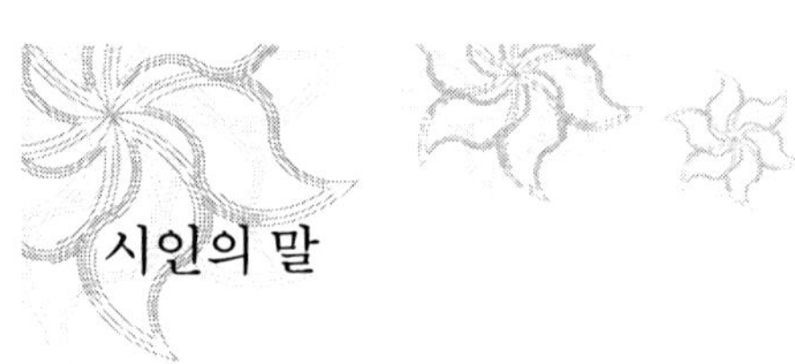

시인의 말

가슴 밑바닥에
앙금처럼 떠도는 언어로
두번째 영혼의 집을 지어 올립니다.

실컷 울고 난 후 찾아오는 평온함처럼
한동안은 눈물도 마르겠지요

내 삶의 알맹이는 시였을까?

사랑하는 이여
너무 멀리 계시지 마소서

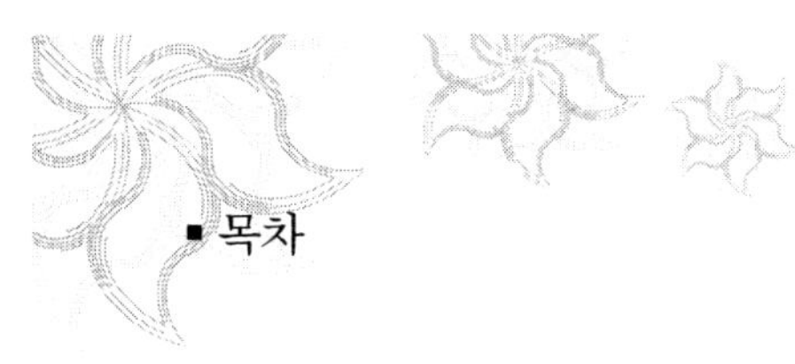

■목차

1부 다시 오는 봄처럼	13
다시 오는 봄처럼	15
입춘 무렵	16
노루귀 어린 꽃잎	17
고맙습니다	18
물 매화	19
봄 날	20
능소화 꽃잎에	22
금낭화	24
아버지의 배꽃	26
망초	27
장미	28
감기	29
섬에서 너를 생각하다	30
등대	31

길을 묻다   32

이름을 위하여   34

부여 땅은 따뜻하다   35

꽃잎 편지   36

2부 때죽나무 그늘아래   37

가늠자   39

햇살   40

갈대밭에서   41

지리산 여정   43

속죄   45

때죽나무 그늘아래   47

詩라는…   48

해후   49

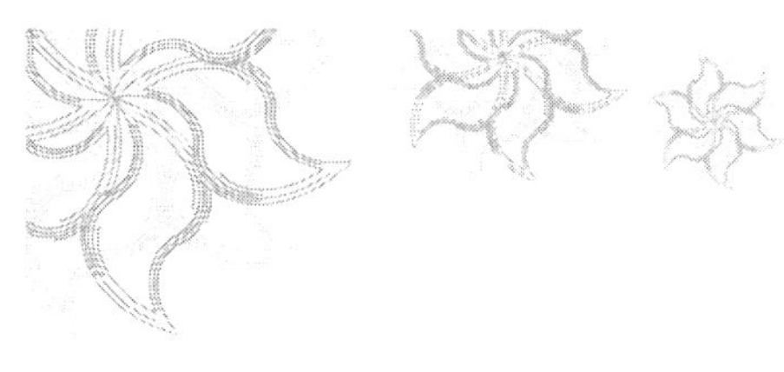

귀 향   51

아들에게   52

괜찮아 괜찮아   54

회귀선   55

그 남자가 사는 법 1   57

그 남자가 사는 법 2   58

그 남자가 사는 법 3   60

당신이라는 그 여인 1   62

당신이라는 그 여인 2   63

당신이라는 그 여인 3   65

3부 사랑법   67

사랑법   69

사마리아 여인   71

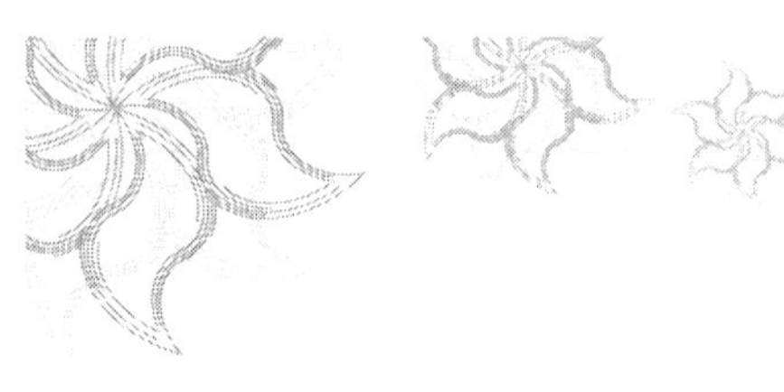

십자가의 위에 한 사람　　　72

네, 주님　　　74

베드로의 무명수건　　　76

바오로여 바오로여　　　78

순교의 얼 강물 되어　　　80

소학골의 가을 1　　　82

소학골의 가을 2　　　83

님들의 발자국　　　84

네, 여기 있습니다.　　　86

숨겨둔 소원 하나　　　88

인샬라　　　89

젬마수녀　　　91

그들의 믿음　　　92

동행　　　93

김수환 추기경님　　　94

생명의 저녁에　　　96

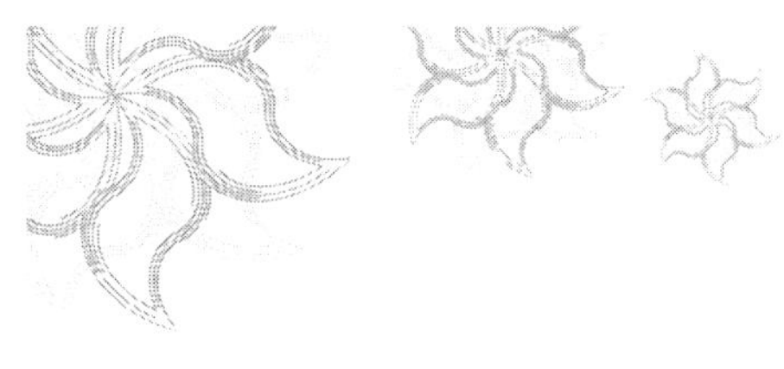

4부 이 세상 어떤 말로도　　　　　　　99

이 세상 어떤 말로도　　　　　　　101

예루살렘 입성　　　　　　　104

침대열차　　　　　　　106

루르드의 성모　　　　　　　107

또르메스강가의 동틀 무렵　　　　　　　109

까미노 산티아고　　　　　　　111

아빌라 성당의 종소리　　　　　　　112

파티마 성지　　　　　　　114

통곡의 벽　　　　　　　116

주님 저녁식탁　　　　　　　117

사람의 아들　　　　　　　118

바뇌의 성녀　　　　　　　120

게쎄마니 동산　　　　　　　122

살을 에는 추위 속에　　　　　　　124

마라의 샘　　　　　　　　　　　126

골고타 언덕　　　　　　　　　　128

네 신을 벗어라　　　　　　　　　130

나자렛 마을의 한 여인이　　　　　131

시와 삶을 잇는 사랑의 연대 시해설 윤성희　　137

1부 다시 오는 봄처럼

다시 오는 봄처럼

"내가 너를 생각하지 않는다면
내 혀가 입천장에 붙어버리리라 예루살렘아"
그 님 고백에
콧등 시큰해지는 봄날
창밖에 가만히 봄비 내린다

밤새 계절과 계절이 부딪쳐 수런대던 뜨락엔
순해진 꽃샘바람
나뭇가지 어루만져 유혹하고
가지 끝 마른 입술에
따스한 시선 고요하다

혹한을 죽은 듯이 살아내며
마른 풀잎 아래
수줍게 여민 노오란 속마음
새벽 첫 손님처럼
그 봄 먼저 와 있다

입춘 무렵

봄빛, 잔설 속에 하얗게 얼어 있는
입춘 무렵
불황의 시간을 건너온
가창오리 떼
호수의 살얼음 위에 그림처럼 앉아 있다

어린 물고기들 얼음장 밑에 꽁꽁 숨고
무엇하나 건질 것 없는 호수 한가운데
여기서 하룻밤 여정을 쉴 모양이다

어둠은 이미 산 아래 내려와 있고
아무 분쟁의 소리 없어도
바다는 멀고
저녁 풍경은 깊고 평화롭다

오늘저녁 가창오리 떼
말없는 스승이다

노루귀 어린 꽃잎

고독한 삶을 선택한 노루귀 어린 꽃잎이
하얀 봄 속으로 걸어간다

세상은 아직 적막한 계절
어쩌다 넘겨다 본 영원한 세상에
오직 여린 너만이 귀를 열어준
눈물겨운 생명이구나

봄의 향연 저만치에서
차가운 흙덩이 밀쳐내고 꽃잎 피워낸
존재의 무거움에
크고 화려한 것을 동경한 내 삶을 사과한다

작은 것의 존귀함
너의 외로운 시작에 계절은 곧
향기로운 봄빛으로 출렁이리라

고맙습니다

가진 것 다 떨궈내고 맨몸으로 혹한을 견디어낸
늠름한 숲의 나무 고맙습니다.

느리게 느리게 오는 봄
마른 숲 어디에서 무얼 먹으며 견디었을까
여전히 명징한 노래 간직한 작은 새들 고맙습니다.

봄볕을 향해 가녀린 꽃잎을
피워 올린 노란 복수초
살며시 다가와 혼불 지펴주신 님의 손짓에
은총처럼 언 땅도 보얗게 물 오르네요.

힘겨운 투병 중에
마른 가지에 물오르듯 하루하루 화색이 도는
사랑하는 당신 고맙습니다.

물 매화

그대와 나
지척에 있으면서
어찌 그리 먼 길을 돌아
오늘에야 만나는가요.

세월 속 그리움이
간절한 꽃잎으로 피어나
오늘
그대 숨결 곁에서
풍경소리 듣습니다.

그대의 가느다란 한숨소리
절제된
그 향기에
지는 저녁놀
다시 눈이 멉니다.

봄 날

마른가지 끝에 촛불인 양 매달려
천천히 예닐곱 어린 마음을 밝혀주던
분홍빛 꽃봉오리

등 뒤에 먼저 와버린 봄볕 속
꼭 제 키높이에서 수줍게 벌어지는
어여쁜 꽃잎에 취해
동무들 재잘거림 아득히 멀어지도록
꽃그늘 아래
작은 가슴으로 대면하던 적막감

산 아래 마을엔 사람 그림자 하나 없고
넘실넘실 흐르던 눈물
작은 손에 움켜진 희미한 외로움
꽃무늬 환한 치마폭에

고요한 슬픔 가득 괴어있던
어릴 적 봄날

능소화 꽃잎에

이름처럼 꽃은 잠시 화려하고
꽃잎 진 자리 향기 고요한데
적막을 깨뜨리며
능소화 찬란한 절정의 시간이
지상으로 툭 떨어진다.

일일초처럼 빨리 가버린 날들을 그리며
거울을 본다
분칠한 얼굴 아래로 실개천 흐르듯
살아온 날들의 무늬들
겹겹이 포개진 가슴속 비밀스런 언어가
정밀하게 실사된 화면처럼
부끄러움 없이 떠오른다.

누군가에게 기대어
연명할 수 있었던 목숨처럼
그 길 멀고 고단했지만
지지대되어 주었던 그대 어깨 너머로

마침내 하늘 길 보이며
손 끝에 잡힐 듯 부신 햇살의 떨림도 화사한데
올라온 높이만큼 아득한 세상으로
던져진 낙화의 숙명
능소화 꽃잎에 새겨둘 그대 삶의 무늬도
삶과 죽음 한 몸이었다

금낭화

주님 십자가 지고 가신
험난한 그 길
발자국마다 고인 선혈
방울방울
금낭화 꽃잎 피었다

가시관 상처
피땀으로 얼룩진 매 자국마다
주님의 핏빛 사랑
송이송이 꽃잎에 새겨진
가슴 저린 연민의 꽃이파리

피하고 싶었을 그 길
아버지 뜻대로
거룩한 사랑의 제물 되신 청년은
구원을 여는 세상 문이셨으니

십자나무 아래 성심 닮은 금낭화
님 향한 뜨거운 염원
한 몸에 안고
상처받은 마음을 위로하는
구도자 되었네

아버지의 배꽃

올해도 아버지의 흰 머리 위에
수만 송이 배꽃이 환하다

한 점 나무랄 데 없이 어여쁜 과원
수십 년 고목에 배꽃을 피운
아버지의 나무껍질 같은 손바닥
서녘 하늘 눈썹달 아래로
고단한 노년이 앉아 쉬고 있다

첫 사랑처럼 마음 주며
어루만지고
함께 웃고 울었을 노동의 시간이
밤도 낮처럼
환한 꽃 세상을 열었다

아버지의 헛기침에 놀라
배꽃 한 잎 나풀 떨어진다

망초

쓸모없는 잡초라 여긴 망초가
그 여름 긴 방황의 그늘 아래
소담스레 피었다

달빛 속 길을 따라
돌아오고 싶었던 마당가에
물결처럼 흔들리며 그대 푸르른 숨결
종일 서성인다

매어둘 수 없는 그대
무너진 돌무더기에 희미한 무채색 잔향이
안개처럼 자욱한데
작은 꽃술 위에 떠도는
세월 속 상처
하얗게 새살을 돋우고 있다

장미

가는 봄 손짓하듯
누군가 보고 싶은 그리움이
한길 높다란 옹벽 위에 매달려
수줍게 마음 여는 장미 한 송이

아무도 눈치 채지 못한
숨겨둔 슬픔의 색깔
시도록 푸른 가슴에서
솟구치듯 피어나는
심장이 부르는 노래

시간의 지층을 넘어
꽃잎마다 고인 인연의 깊이
하나씩 떨어져 흩날리면
가는 봄 잠시 멈춰 뒤돌아본다

감기

계절과 계절 사이
반갑지 않은 손님이다.

한바탕 웃음처럼
때 없이 기침 쏟아지고
가늘게 매달려 있는
거친 숨.

한 번도 고맙다
말하지 않던 부부처럼
비로소
건강했던 일상에게 고마워하며
공짜 없는 세상 이치
몸으로 배우네.

섬에서 너를 생각하다

가슴에 종일 일렁이던 물결
남쪽 끝자락에 내려와
비로소 한 점 섬으로 정지되었다

하늘과 파도를
묵묵히 안아 주던 그 섬이
오늘은 빛나는 물살을 가르고
먼 항해를 준비한다

바다에도 오고가는 만남과 이별이 있을 줄이야
일직선으로 달려가는 속도만큼
뒤로 밀려나는 세상
하늘과 맞닿은 그 곳에
심해의 물고기처럼
바닥을 훑어
빛나는 언어 하나 건지려
그물 하나 던진다

등대

낮에는 뭍을 밤에는 캄캄한 바다를 응시하며
하얗게 새운 밤들
시간 따라 변하는
바다의 마음조차 한 색깔은 아니었지요

시리도록 파란 수면 위에 내 생명 부표 하나 띄워 놓고
몸을 던져 물속을 샅샅이 훑는
해녀의 두려움 없는 손끝처럼
폭풍우 속에서 더욱 빛나던 벼랑 끝 삶이었는데
오늘 그대가 내 인생의 급물살을 무사히 건너도록
따뜻한 눈길을 주고 있네요

암울한 고독 속에 가끔은 세차게 흔들릴 그대에게
나도 하얀 길이 되고 싶어요
언제나 돌아오고 싶은 어머니 품속 같은
그 섬의 등대가 되고 싶어요

길을 묻다

매화꽃 수놓은 섬진강 길을 달린다
가지가 휘도록 매달린 집착의 무게
시들한 세상살이 밀어내는
하얀 꽃잎들의 함성에
눈이 시린 봄날이 다시 일어서고 있다

우리 인연
구비구비 섬진강 물줄기 어디쯤에 닿아
다시 어깨 부딪히며 이 길에 서면
이 세상 어떤 만남도
알 수 없는 섭리의 꽃그늘임을

물결 위에 내려앉은 꽃잎이 흘러흘러
남해 푸른 물에 닿으면
매화 꽃잎 아래 향기처럼 스친 눈빛이 사랑이었음을
그이는 알까

꽃잎 사이 길을 낸 여린 바람결에

지나온 반생의 권태가
하늘하늘 꽃비 되어 내리고
꽃잎 진 자리엔
푸릇푸릇 아껴 두었던 눈물이 젖는다

꽃향기 흐드러진 섬진강에서
쉰 언저리에 잃어버린 길을 묻다

이름을 위하여

그 집 현관에 서 있는 옷걸이 위에
사시사철 씌워져 있는 모자처럼
누추하고 고즈넉하게
오가는 이 무심하게 일별하며
집주인인듯 우뚝이 그를 지키는
오늘도 그랬다
모자를 떠받치고 있느라
종일 힘들었을 옷걸이처럼
얼굴에 문신처럼 새겨진 이름을 위하여
살아가고 있는 나

부여 땅은 따뜻하다

이천년을 잠자던 씨앗
어여쁜 연꽃으로 피어나던 날
능산리 금동향로에 백제의 염원이
향기롭게 피어오른다.

하늘 땅 물 위에 다섯 마리 기러기 날고
마흔 여덟 짐승은 선한 백성
그 능의 주인이 누군들 어떠랴

주군은 어린 백성 사모하여 자애로이 살피고
백성은 충심으로 주군에게 몸 바치니
태평세월을 구가한 온조 왕조
육백 년 세 겹이 지나도
금동향로에 낙화암에 능산리에
생생히 살아 있어
아직도 부여 땅은 따뜻하다
따뜻하다

꽃잎 편지

어제 밤 꿈길에 그 님 내게 오시어
이마에 남긴 입맞춤
얼마나 따뜻하던지
깨어도 여전히 기쁘더이다,

차마 꿈 얘기 못하고
돌아서면 다시 보고 싶어
꽃잎 편지 씁니다.

네 마음 안다
그 한 말씀이면
내 생의 허기가 다 가시어
한 줌 햇빛의 은혜도
벅찬 감사로 여물어
순간순간이 기쁨으로 찰랑일 텐데요.

2부 때죽나무 그늘아래

가늠자

내 맘에는
나만의 편리한 가늠자 하나 있다

만나는 모든 것에
가늠자 대보며
적당한 크기와 모양으로 재단한다

내게만 한없이 너그러운 가늠자

칼끝처럼 날카로운 내 맘속의 가늠자
투명하고
비겁한...

햇살

지하철 차가운 돌계단에 한 가난이
세상에 구걸을 하고 있다
잘못 살아온 지난 날을 참회하는가
공손하게 두 손 맞잡고
땅에 이마를 대고 낮은 자세로
낮은 자세로
숨 가쁘게 달려가는 발길에게 무언가를…

그가 구걸하는 게 동전 한 잎은 아닐 것이다

힘들었을 삶처럼 종일 먼지만 쌓이는 바구니
그를 일으켜 햇빛 세상으로 걸어 나가게 할
오후 3시의 햇살이
소복소복 바구니를 채우고 있다,

갈대밭에서

그리움 하나 안고 남으로 달려온 길 끝에
먼 그리움의 물길이
원시의 갈대숲에 얹혀 있지요

필시 한 뿌리에서 시작된
오만과 욕심을 진흙벌에 가라앉혀
순결한 초록 꿈꾸었을 그대
외로운 남도의 끝 갈대밭은
멀리서 왔던 새들 미련없이 떠나보내고
물길조차 멈춰 조용하지요

끝없이 밀려오던 격정의 바다를 응시하며
안으로 새긴 고통과 회한
시린 바다에 몸을 담근
내 사랑의 부끄러움이지요

이제
갈대 위에 흐르는 바람길 사이로

하얀 소금 꽃으로 피어난 슬픈 황혼이
잊고 싶은 것들을 두고
스러져가지요

지리산 여정

가파른 산비알 흐드러진 꽃그늘 속에
거친 노동을 숨기고 해맑게 웃는
아, 아, 이런 사랑도 있구나

허세로 치장한 도시의 삶이 꾸역꾸역 몰려와도
그들의 가진 것과 바꾸어 줄 수 없는
바람과 물과
하늘에 닿은 지리산의 정신

노고할매 드넓은 치마폭에 새겨진
회한과 슬픔이
갈래갈래 등성이에 하얀 가리마 길로 남도록
숙명처럼 지켜온 산 속 삶터

밤이면 물소리 더욱 커지고 골짜기마다 자욱한
매화향기에 취해
길손은 하얗게 밤을 지샌다

평생을 열망한 구도자처럼
그 산자락에 누옥 한 채 마련해 지리산이 베푸는
은혜 속에 흡족하며
봄이면 노란 산수유나 향기로운 매화로 피어
한번은 찾아올 님 기다리며 사는
그런 사랑으로 남겨두고 싶은
내 삶의 지성소 지리산이여.

속죄

서해바다에 검은 기름 덩어리 고래 떼처럼
파도 되어 밀려온 날
화려한 금빛햇살 하얗게 부서져 내리던 바닷가
물질을 좇아가던 이들
나태에 물든 이들이 문득 뒤돌아본
우리의 부끄러움.

한해의 끝자락 축복을 주고받던 여린 손들
모래벌에 공손하게 몸을 낮춰
보속하듯 부끄러움 닦고 닦아도
무감각의 돌멩이 곁에 타성의 바윗돌 틈새에
숨어들며 그려지던 묵화 한 폭.

착한 백성들 엎드려 밤낮으로 닦고 씻어도
이미 모래벌에 스며들듯 내 안에 깊숙이 가라앉은
검은 기름 덩어리
홀로 남은 철새 한 마리 머리 조아려 참회하는
그 바닷가 무심한 풍경 속에

여전히 싸늘한
소금기 묻은 바다 바람.

때죽나무 그늘 아래

서로 오고가지 않으면 잡풀만 무성했을 길가에
하얀 때죽나무 꽃들이
안타깝게 매달려 있다
그대 그늘에 숨어
내안의 사막을 건너고 싶을 때
그렇게 매달려 그대 이름을 불렀다
지나온 삶은 너무 무겁고
종국에 그 손도 놓아야 할 때
나도 그들처럼 사뿐히
그 땅에 몸을 뉘일 수 있을까
내 삶의 흔적도
새들의 양식으로 기꺼이 내어줄 수 있을까
육신을 던져 발밑에 흩어져 밟히며
때죽나무 그늘 아래 애달픈 향기로 남은 이여
또 한 계절이 지나가고
저문날의 사랑처럼 아스라한 꽃잎들
멀리 와버린 내 삶을
부심히 내려다본다

詩라는…

지구상에 그놈 하나 있는 것이
내가 사는 이유이다
그놈의 눈빛 하나에
천국에서 지옥으로
지옥에서 천국을 오가며
매일 신열이 난다

그놈 있음으로
사소한 일상 의미가 되고
존재 비로소 새로워지니
그놈 외면으로
잡힐 듯 잡히지 않는 상념에
고통으로 긴 밤을 지새우고
어쩌다 맘에 드는
시 한 귀에 세상을 얻은 양
다시 살고 싶은
이유가 되는 것이다

해후

고흐의 그림으로 온통 색칠이 된 길 저편에서
한쪽 귀를 붕대로 감은 사내가
천천히 내게 걸어온다

그이 곁을 맴도는 음습한 불운
달라지는 내면의 색조를 읽으며
여리고 민감한 한 남자
그의 영혼에 주목한다

순수한 영혼에게만 뵈는
태양을 향한 이해할 수 없는 애증을
천국과 지옥을 오가는
어두운 불안을

긴 시간 간직해온
내 사랑만을 기억하기 위해
그이의 축축한 풍경 속으로
한 발짝 다가선다

자서전을 쓰듯 그려낸 자화상 속으로

귀 향

삼십 년만의 귀향
풍경조차 낯설어 마음 붙일 곳 없더니
공무 중인 관공서 중후한 의자에서도
툭툭 튀어나오는 충청 사투리
멋스러운 최신 유행 넥타이가 생경하여
속으로 쿡 웃곤 했지
여전히 닷새마다 도시 주변 소읍에선 장이 서고
반가워유 그류 촌스런 말투
이젠 귀에 익어 질박하니 정겹고
가식이라곤 티끌도 없는
곰삭은 장맛 같은 고향 내음
종종 문자 전송에도 등장하는 작은 행복
요즘 어뗘? 바뻐유.

아들에게

이 땅은 바라보기도 아까운
벚꽃 만발한 봄이다
눈부시게 푸른 청춘아
너의 꿈 펼치지도 못한 채
얼음처럼 차가운 심해에 누워
생명의 봄을 맞느냐
누구의 죄를 어여쁜 네가 보속하느라
어미의 가슴에 이토록 참담한 슬픔을 주느냐
아들아,
어서 일어나 늠름한 모습으로 걸어오너라
똑같은 제복 수많은 젊은이들 속에서도
나는 너를 단박 알아낼테다
내 몸에서 나온 사랑하는 아들아
나의 분신인 너를 내가 어찌 잊겠느냐
너의 꽃다운 청춘이 물 아래 곤두박쳐진 날
나의 삶도 모두 끝났다
너를 잃고 내가 무엇을 본들 좋을 것이며
어떤 진수성찬이 혀에 달겠느냐

내가 죽어 너를 살릴 수 있다면
천번인들 만번인들 못하겠느냐
불러도 불러도 대답이 없는 아들아
갈라진 조국의 현실에 희생된
숭고한 너의 죽음 헛되지 않게
네 육신보다 더 사랑한 푸른 바다에서
네 혈육보다 더 애절한 조국을 떠받들며
산산히 부서진 천안함과 함께
스무 살 젊음으로 편안한 안식을 누리어라
시린 가슴에 너를 묻고
에미가 맨 발로 달려 갈때까지
아들아, 사랑하는 아들아,

괜찮아 괜찮아

중년을 훌쩍 넘긴 여인들
한자리에 모였다
논두렁 등교길에 또르르 구르던 웃음소리
귓가에 쟁쟁한데
희끗한 귀밑머리 감출 수 없다

말수 적었던 그녀 밤마다 컴퓨터 앞에 서성이고
사내처럼 장난기 많던 그녀 외로운 싱글
시집살이 벗지 못한 병약한 그녀
가당치 않은 황혼 이혼을 꿈꾸니
40년만의 재회는 이렇게 민망하다

고만고만한 말년 행복조차
용케 비켜만 가는 서로가
살붙이처럼 가여워
괜찮아 괜찮아
다 그렇게 사는 거야
눈물겨운 위로만 주고 받는다

회귀선

그녀 한 생의 반환점
쉰 살의 강나루에 서면
누구의 고단한 삶에도 한없이 너그러워질
나이인데
허기만 깊어지는 내안의 결핍
공허한 언어에
말라버린 우물처럼 날 세운 애증의 기로에서
쉰 언저리의 복병이
두렵다
이정표 한 꼭지 없는 막막한 뱃길
아무도 가르쳐 주지 않는
남은 생의 무늬
날마다 허망한 명분을 둘러쓰고
이타와 이기의 양안의 나루를 오가며
동경하며 기다려온 쉰 살은
어리석은 허당인가
아직도 한 발 앞에 무엇을 바라며
애끓는 미련, 미련을 남겨

다시 좌절하나

그녀 절대로
쉰 살이 되고 싶어 서둘지 않았을 것을

그 남자가 사는 법 1

사제처럼
천상과 지상을 이어주는 몸짓으로
가슴을 그어 내는 소리

무릎을 꿇고
두 손을 들어
혼신을 다해 드리는 제사
비로소
천상의 소리를 불러온다

거대한 운명의 이끌림에
파도를 넘고
이름 모를 해안에 닻을 내린 귀향선처럼
길게 한숨짓는 활의 곡선 아래
당당하게 서 있는
아름다운 청년.

그 남자가 사는 법 2

삶의 힘겨운 자리마다
잠들지 않는 그의 눈길이 서성인다

아내의 손길에서 새롭게 빚어지는
흙의 생명처럼
그의 렌즈는 허공이 아닌 땅에 포커스 열려 있다
눈길 주지 않는 가난한 삶에
험난한 세상 한 켠에 버려진 허기진 인생에
버려진 중고품 슬픈 자화상에

땅이 눈물을 흘리면 하늘도 그 마음 아는지
지난한 세월 보석처럼 간직하여
내 부모 부끄러워한 못난 자신과 화해하는
속울음 터지는 고해소 같은
나약한 인간에 대한 연민의 물결 출렁이는
빛과 어둠의 찰나를 포착한

고뇌의 바다를 껴안고 얼마나 힘겨웠을까

밤마다 암실에서 낮에 만난 풍경과 대면하며
겨울 바다처럼 파랗게 날을 세워
그가 찾은 신의 이름은
가여운 인간,
인간이었네.

그 남자가 사는 법 3

그 섬의 자유로운 바람을 사모하여
일용할 양식도 안되는 일에 영혼을 팔며
중산간 폐교의 운동장에
새까만 돌덩이 되어버린 남자

굳어버린 손으로 자연의 언어를 보여주며
수선화 고운 향기로
그 섬을 채워주던
갯가의 쑥부쟁이처럼
인내에 인내를 더한 기다림 속에
찰나의 시간을 붙잡아
그 풍경 위에 앉아 빙긋이 웃는

캄캄한 바다 밑에 스스로 죽음이 되어
생명을 건져 올리는 해녀처럼
두려움이 없던
만물을 지은 이의 오묘한 손길 따라
오름과 억새와 자신의 생애를

렌즈에 담아

고요한 평화를 낮은 목소리로 전해주려
그 섬의 조리개가 된 남자

당신이라는 그 여인 1

전생여행을 하듯 그 도시에 다녀왔다

붉은 노을에 잠긴 미려한 풍경 속

마중 나온 천 년 전 그림자

대숲에 흐르는 유키구라모토의 피아노 선율 따라

한 조각 상현달이 기울고 있다

하나미 소로 닫힌 창살 너머에

아련한 음향 발밑에 떠돌고

내 전생 어디쯤에서 만났던

분칠한 여인의 단조로운 노래가

희미한 안개 속에 부유할 때

가파른 계단을 수없이 오르내리며 등이 굽은

오반자이 밥집 여인의 젖은 앞치마

어둠속에서 숨소리 낮추며 울던

당신이라는 여인

어떻게 시작된 인연인가

앞서 가는 청년의 등덜미에

꽃잎 하나 떨어져 현기증을 일으킨다

당신이라는 그 여인 2

시인 등단을 축하하여
오라버니께서 필명 하나 보내셨다
뜻은 좋으나 여성스런 발음
선뜻 맘에 닿지 않아 팽개쳐 두었다

강원도를 다녀오는 길에
金裕貞文學館에 들렀다
퇴색한 원고에 드러난 천재성에
기생 녹주에 대한 연모와 실연에
병고에
그리고 너무도 짧은 생애에 목이 메었다

돌아오는 길은
덧없는 나의 두 곱 생이 자꾸 미안하여
그이의 동백꽃이라도 되고 싶었다
동명으로도 얼마나 황송한지...
이순의 나이 내 남은 생은
유정游艇으로 살리라

흐르고 머무는 것 뜻대로 안 될지라도
유유히 흐르는 강물처럼 자연의 순리에
고개 들어 거슬리지는 않으리라
죽기까지 서러운 동백꽃을 연모한
김유정 그이를 위해

당신이라는 그 여인 3

중환자실 육중한 문이 당신과 나의 질긴 인연을
갈라 놓으려 하네요
같은 베개를 베고 한 몸으로 살아온 당신께
출입제한 붉은 글씨
고작 하루 한 차례 문 열려
짧은 만남을 허락합니다

수많은 날들을
당신이라는 문밖에 서성이게 하던 당신은
부질없는 인공호흡기에 의지해
천길 깊은 잠을 자는 당신은
돌아온 탕자처럼 아버지 품에 안겼습니다

사랑이 부족했는지
기도가 부족했는지
당신을 붙잡을 명분 희미해지는
중환자실 문밖에서

예고없이 닥친 암담한 현실에
후둘거리는 마음 다독이며
당신에 대한 사랑 아직 이렇게 뜨거운데
어떻게 당신을 보내야 할지
막막합니다.

3부 사랑법

사랑법

어느 날 예수님은 초라한 한 남자를 만나
밥을 한번 먹습니다.
겸상을 하여 이것저것 반찬을 집어주며
밥을 한번 먹습니다.
다음날 남자는 재산의 반을
가난한 이들에게 줍니다.

마을 남자들의 노리개
세상에서 가장 비천한 여인에게
돌을 집어든 내 손 부끄럽게
예수님은 연민의 눈길을 줍니다.
죄의 질곡에서 해방된 여인은 평생 더운 눈물로
그 분 발을 씻깁니다.

길가의 풀꽃에게도
바닷가의 이름 없는 갯돌에게도
적절하고 고유한
좋은 몫을 소홀히 하는 우둔한 내게도

숨결처럼 하나 되어주시는 것
알 수 없는 그 분의 사랑법입니다.

사마리아 여인

우물곁에 있어도 늘 목마르던 여인이었습니다.

새로운 사랑을 일곱 번씩 꿈꾸며
자신을 내던져도
여인의 갈증과 허기는 채워지지 않았습니다.

모래바람 이는 봄 날이던가
하늘은 검은 모래구름으로 내려앉고
서녘 하늘에 보름달처럼 걸려있는 태양 아래
빈 물동이를 안고
여인은 물을 길러 나갔습니다.

우물곁에 망연히 앉아 사색에 잠긴 여인에게
물 한 잔을 청하는 길손은
여인이 드린 사랑을 영생의 물로 바꾸시고
영원히 목마르지 않은 샘을
다만 눈빛으로 건네주셨습니다.

십자가의 위에 한 사람

일상에 지쳐 외롭고 마음이 아플 때면
나무십자가에 메마른 한 사람
힘겹게 매달려 있는 그분을 바라봅니다.

무겁기만 하던 속마음
그분 발 아래 열어 보이며
젖은 상처 한 가닥씩 풀어내면
눈물로 어루만져 분을 삭여주시고
엄한 질책으로 분별의
혜안도 열어줍니다.

인간 죄의 무게로
고통으로 이지러진 얼굴
벗겨진 몸 위에 배어나오는 핏빛 땀방울
남김없이 드러나는 참담한 형상에
내 고통 무게는 소멸됩니다.

부끄러운 마음 추스려 다시

세상으로 걸어 나올 때
지켜보는 그분 눈길이
등 뒤에 따뜻합니다.

네, 주님

오늘도 돌무덤에 갇혀
죽음의 베옷으로 육신이 묶인 내게
나자로야 일어나라 부르시는 분

어둠에서 빛으로
죽음에서 생명의 땅으로 건너는
다리가 되어주시는 분이
돌문을 열고 앞에 계십니다.

"네, 주님"
썩은 육신이 혼신을 다해 대답합니다.
캄캄한 동굴은
북받치는 환희 밀물처럼 차오르고.

라자로의 부활로 저희를 가르치시는 분
죄의 사슬에 갇힌
악습의 멍에에 짓눌린 죽은 영혼을 깨우소서.
"라자로야 어서 일어나거라."

부활의 기쁨으로 대답하겠습니다.

"네, 주님."

베드로의 무명수건

그날 새벽
두려움에 갇힌 영혼을 깨우는 날짐승 소리에
나를 환히 보게 되었네.

꿈꾸던 하늘나라 골고타 언덕에서
무참하게 부서지고
어둠으로 덮인 세상 너무도 무섭고 캄캄하여
슬며시 그 분을 외면했던…

영영 갇혀버릴 어둠 속
어디선가 들려오는 새벽닭 울음소리
여명 속에 드러난 부끄러움
황망히 무명수건 꺼내어
통회의 눈물방울 감추어도
짓누르는 회한.

반석에 꽂은 지팡이에 피어난 무성한 잎새
새벽닭 우렁찬 울음소리에

눈물로 수놓아진
베드로의 무명수건은
그리스도의 반석 된
용서의 증표라네.

바오로여 바오로여

"그리스도 내 생의 전부"
당신의 고백을 마음에 간직합니다.

다마스커스 험한 길목에 곤두박치며 넘어질 때
무도한 박해자에서 그리스도에게 사로잡힌자 되신
이방인의 사도 바오로여
당신 안에 훨훨 타오르던 신앙의 불꽃이
지구를 돌고 돌아
여인의 마음을 불사릅니다.

동족의 돌팔매 속에 육신은 짓이겨져도
세상을 향한 말씀은 들불처럼 타오르며
백성을 무릎 꿇게 하셨습니다.
감옥에서
길 위에서
길쌈하는 장막 안에서

이천 년을 교회 안에 살으시며

삶으로, 육성으로
지금도 미욱한 백성을 그리스도의 품안에 모으시는
당신의 열정을 그지없이 사랑합니다.

순교의 얼 강물 되어

내포고을 순교의 얼 이순(耳順)의 고개에서
도도한 강물 되어 한밭벌을 흐른다

어린 백성 우직한 믿음
서슬 퍼런 칼바람 그늘 피해
별빛 따라 숨어들던 산골마을
드러내지 못해 더욱 안타까이 사무치던 믿음이라
여숫골, 황새바위
길 따라 이어지던 핏빛 순교 여정
초개(草芥)처럼 던진 목숨
갈매못 모래벌에 타는 저녁 놀빛으로 스러질 때
바다는 통곡으로 긴 밤을 지새웠다

갸륵한 신앙이여
소리없이 흘리신 성모님의 피눈물
아득한 육십 성상 도도한 강물 되어
한밭벌 여린 가슴마다 불꽃처럼 타오른다

거룩하여라

핏빛 순교 위에 세워진 대전교구 설립 예순 돌이여

가슴에서 가슴으로

자랑스런 순교의 얼이여

하늘나라 이 땅에 임하실 때까지

꺼지지 않는 등불이 되시어라

소학골의 가을 1

소학골에 가을이 왔습니다.

지난 여름 하얗게 꽃을 피웠던 메밀밭에
새까만 씨앗이 누군가의 손길을 기다립니다.

작은 새떼들이 지나가며
가느다란 메밀 줄기를 흔듭니다.

그 작은 알갱이들은
척박한 산비탈에 흩어지지만
다시 태어나고 싶은 겁니다.

긴 세월 저편에 계신
소학골 순교자님들 숨결도
가만히 흔들립니다.

소학골의 가을 2

산모롱이를 돌자 병풍처럼 둘러친
비경이 눈 앞에 펼쳐집니다.

붉은색으로 그린 한 폭의 산수화
바람도
산짐승도 집을 비웠습니다.

온화한 소학골의 가을빛
발밑의 낙엽은
조용히 귀를 기울입니다.

먼저 가신 님들의 설운 사연을
서둘러 잎 떨군 감나무
등불처럼
골짜기 환히 밝혀줍니다.

님들의 발자국

성거에서 배티까지
오늘 순례의 길을 또 걷습니다.

푸르름 다 떨궈내고
처연한 울음을 우는 겨울산에서
젖은 낙엽 밑엔
땅으로 돌아온 생명의 흔적
오롯이 고여 있습니다.

어떻게 살아야 하나
가슴에 명제 하나씩 안고
낮은 곳에서 높은 곳으로
다시 나를 낮추며 걷는 시간
서러움 견디며 쫓기듯 걸었던
님들의 불안한 눈빛
마른가지 사이로 언뜻 지나갑니다.

시린 가슴 드러낸 산자락 어딘가에

웅크린 어린 짐승의 숨소리
바람의 발자국마다
님들의 무언의 향기가
은총처럼 쌓여갑니다.

네, 여기 있습니다.

주님께서 부르실 때 망설임 없이
네, 제가 여기 있습니다. 라고 응답한 이들

그 길 어둔 밤길처럼 험하고 외로워도
앞장서 걸으시는
주님께서 손잡아 주심을 믿고
그분 뒤를 따르려
십자가의 대열에 선 젊은 사제들

완전한 순종과 겸손의 자세로 엎드려
숨죽여 님의 음성에 귀 기울여
헌신을 다짐하는 시간
흰 제의 속에 감추어진
불안 두려움 환희가 물결치며
멈추어진 시간

하늘에서 성인들과 천사들 환호하며
축복의 노래 부르시네.

힘차게 걸으리라 내가 원하고 주님께서 원하시는 일
나의길 함께 걸어갈 사랑하는 이들
간절한 눈빛과 가슴 저린 눈물의 기도 기억하며
앞서가신 사제들의 이끄심으로
어떤 고난도 이겨내리라.

매일 처음 마음으로
만나는 모든 이를 주님처럼 대하며
그리스도와 깊은 결합을 이루는 삶을 살리라
고독을 벗 삼아
누구든 내방의 불빛을 보면 마음조차 따뜻해지는
그런 사제 되리라.

숨겨둔 소원 하나

숨겨둔 소원 하나 이루어진 날
사뿐히 바람위에 올라앉은 육중한 기체는
시종 요동을 하고
불안한 승객들 외면하고
창밖의 눈부신 햇살은 침묵 중입니다.

가도 가도 허공뿐인 하늘길
시시각각 변신의 마술 펼쳐지는 구름 바다
터질 듯한 기대로 부푸는 마음
드넓은 공간 속에서
무심한 듯 평온을 유지하는 일은
또 다른 고역입니다.

손톱에 남은 붉은 흔적
묵은 상처를 치유하기 위해 떠나는 여정
오랜 그리움 하나는 가방에 챙겨둡니다.
성모님의 부르심에
마음 먼저 달려가는 순례의 여정입니다.

인샬라

풀 한 포기 살 수 없는 불모의 땅에
돌로 돌을 다듬어
육중한 돌덩이 몸으로 밀어 올려 쌓은
죽음 뒤에 누울 제왕의 침실
육체의 문을 닫고 영혼의 문을 열어
삼천 년간 생명의 열쇠를 지켜온
나일 강의 여신이여

불멸의 비원을 담은 수백만 개의 바위 돌을
한 치 오차도 없이 배치한 놀라운 손끝의 슬기
수수께끼 같은 인간 지혜의 결정체
비밀의 탑에 보내는 선망의 눈길
터져 나오는 탄성들

그들은 우리와 다른 종족인가
무질서 속에 남루한 삶을 살아도
파피루스 거친 줄기 신비한 그림 속에
금빛으로 빛나는 사후의 세계

검은 차도르에 감춰진 이국의 풍속
거친 모래 바람에 생사소멸을 의탁하며
보이는 것 모두가 알라의 뜻대로
인샬라, 인샬라

젬마수녀

48년 전 꽃다운 나이에 성모님은
동양의 작은 수녀를 이곳에 부르셨지요
성모님 어린 마그리뜨에게 발현하셨 듯
바뇌의 삶은 하루하루가 기적이지요
이젠 모국어도 서툴고
그리운 고향도 멀고 아득하다오
허리 꼬부라진 허름한 수녀복의
바뇌의 키 작은 성녀
스쳐오는 포도 향기로 한 모금 와인에 의지하는
수녀님의 고된 일상이 눈에 뵈지요
외진 마을 바뇌 성모님 곁에서
고향도 말도 잊고
가난이 훈장처럼 빛나는 젬마수녀님
해 갈수록 더 굽어질 허리에
물 마를 날 없는 바지런한 손 끝에
성모님의 기적이 샘물처럼 흘러
살아 있는 성녀로
하늘에 오르는 은총을 주시옵길

그들의 믿음

아무데서나 메카를 향해
엎드려 기도하는 그들의 믿음은
때로 산만하고 때로는 경건하다
새벽 도시의 머리맡에 울리는 기이한 기도소리
서늘한 냉기로 이국의 나그네를 깨운다
기도의 정수
고요함을 무시한 낯선 기도는
두고두고 그들 믿음의 허당처럼 여겨져
고소를 지어보지만
빈 껍질로 치부할 수 없는 그 무엇을 어쩌랴
호수처럼 깊은 눈매의 여인들을
지순한 양떼처럼 거느리는 가장을
엎드리게 하는 힘을
의심 없는 진솔한 추종이
삶과 종교의 일치된 모습
내세를 향한 구원의 확신이 저렇게 처절함에야
경전보다 확실한
살아 숨 쉬는 거룩한 인간경전이 아닌가

동행

충연정 그늘에
빈 낚시 드리우고
연못 속의 물고기와 술래잡이 하시는
노사제의 고독한 그림자
수련 위에 한 폭의 수묵화 그려지고
길고도 짧은 여정
동행하신 님이시여

김수환 추기경님

싸리 울타리 창호에 불빛 환히 밝히고
모락모락 저녁연기 피우며
평범한 한 생을 살고 싶으셨던
이천 년 전 그리스도

동방의 한 나라에 가난한 사제의 모습으로 오시어
우리 곁에 팔십 칠 년을
착한이들 위로하며
종교를 넘어 사람의 길을 걸으시며
우리의 영혼을 아프게 흔드셨습니다.

등 뒤에 무거운 십자가
천진한 미소로 슬쩍 감추시고
형형한 두 눈조차 어둠 속 빛으로 남겨주신
푸근한 성자
오늘, 하늘나라 여행을 떠나셨습니다.

저만치 와 있던 봄빛도 서러워

그 슬픔 하얗게 싸락눈 뿌리며
떠나시는 님 아쉬워합니다
한 시대의 거센 풍랑 속에
거룩한 등대이셨던 그분은
모든 이의 길이 되셨습니다.

생명의 저녁에

내 생명의 저녁에
님께서 손 내밀며 나를 마중하시면
희고 고운 손 부끄럽겠다
나 세상에 보내실 때
그 분 하시고자 하셨던 일 나누어 주셨건만
육신은 아끼고 입으로만 일한 것
다 알고 계실 텐데
내 발 씻기시며 낮추어 사는 겸손 일러주셨는데
완고하고 아둔하여 고개 숙이는 일 죽기보다 싫어했으니
명분 없는 무렴無廉의 죄 어떻게 씻을 건가
엄살을 부려볼까,
변명을 해볼까,
내 생애 그분 사랑보다 더 좋은 것 없었으나
혈육의 정에 끌려 이성異性에 눈이 멀어
당신 눈길에서 멀어졌지만
두려움 없던 나의 사랑
밤마다 글로써 고백할 수 있었으니
그 흔적 손끝에 남아

그분 나 알아 보실 수 있다면
부끄러움 다 잊고 숙연肅然하게 엎드릴 거야
내 생명의 저녁에

4부 이 세상 어떤 말로도

이 세상 어떤 말로도

주님 저희가 여기에 왔습니다.
주님 발자취를 따라 여러 날 쉼 없이 달려왔습니다.
말씀 속에서 만나던 아련한 그리움 간직한 채
주님이 걸으셨던 갈릴리 호수가를
손잡고 걷고 싶은 마음으로
저희가 여기에 왔습니다.

갖가지 방법으로 우리에게 다가오신
사랑하올 예수님
주님 걸으셨던 길을 따라 걸으며
마구간에서, 성모 어머니의 집에서, 돌무더기 광야에서
피땀 흘리며 기도하셨던 올리브나무 아래에서
골목마다 들려오던 신음소리 쟁쟁하던 골고다 언덕에서
당신 무덤에서
신성을 숨기시고 인간적인 실체로 다가오심이
너무도 생생하여 애닯펐지만
오늘은 환희의 노래로 주님을 맘껏 찬미합니다.

이천 년의 시간을 뛰어넘어
우리의 삶을 주님 품으로 이끄시고
신선한 기적을 만들어주신 분
내 사랑은 보잘것 없고 초라했지만
가늠할 수 없는 사랑으로 우리의 삶을
구비마다 이끌어 주신 분
온몸에 전해지는 인간적인 모습에 마음 따뜻해지는
순례의 여정입니다.

이 세상 어떤 말로도 표현할 수 없는
주님에 대한 사랑을 고백합니다.
이기심에서 드렸던 기도에도
언제나 그 너머를 헤아리시며 넘치도록 채워주시니
우리는 당신 그물에 기쁜 마음으로 뛰어든
작은 물고기입니다.
오늘 이후의 삶도 주님 어장에서
감사와 찬미의 삶이 되게 하소서.

내 나라에 돌아가 어려움을 만날 때마다
갈리리 호수가 주님 음성 기억하며
주님께 더욱 다가서게 하소서.
푸른 물위를 믿음으로 걸으시던 제자들처럼
두려움 없는 사랑으로
이 세상 어떤 말로도 표현할 수 없는 사랑으로

예루살렘 입성

내 예순의 삶 그 곳을 향해 있을 줄이야
주님 바라보시며 눈물지으셨던 그 자리
금빛으로 빛나는 무슬림 회당 둥근 돔을 바라보며
나 또한 울지 않을 수 없어라
사흘 밤낮을 눈이 내려 길이란 길은 다 막혀
섬처럼 갇혀 지낸 나날도
눈 속에 내 생각과 말과 기도를 다 묻어버리고
그 곳에 달려갈 길이 열리기를 고대하며
꼼짝없이 상심에 젖어 살아온 이유가
눈물의 성당 아름다운 지붕 아래
성심의 흔적이 숨 쉬는 여기에 있었던 것을
그분은 이미 아셨던 것일까
평화의 도시 예루살렘에 평화는 아득하고
반목의 깃발 높이 펄럭이며
도시는 편을 갈라 담을 두르고
오가는 길 검문하는 추악한 백성을…
예루살렘에 입성한 차가운 겨울밤
착잡한 현실에 '주님'하고 부르니

내일을 걱정하는 이는
'여기' 오지 말라 하시네

침대열차

루르드 성모님을 찾아가는 파리발 루르드행 열차
여섯 칸 침대열차에 몸을 구겨 넣고
멀어진 자유를 전생과 현생의 인연을 생각한다
층층이 포개진 이들과 나
새로운 하룻밤 불편한 추억과
현실의 무게를 덜컹거리는 차창에 흘려 보낸다
산자락에 흩어진 무거운 안개는 밤 깊어 더욱 차갑고
낯선 상황에 눈꺼풀도 천근만근이다
오랫동안 갈망하던 루르드 성모님과의 대면
어머니 품에서 얻고 싶은 용서와 치유
은총의 시간을 꿈꾸며
밤새 나를 비우고 비워보지만
성모님께 가는 길 어찌 그리도 멀고
새벽은 왜 그리 더디 오는지

루르드의 성모

어머니를 뵈러 수 만리 머나먼 길을 달려 왔습니다.
땀에 젖은 몸을 낮춰 당신 무릎 아래 엎드리니
뜨거운 눈물 앞섶을 적십니다.
삶의 굽이굽이마다 제 손 꼭 잡으시고
시련 앞에 허물어지던 신앙을 되잡아주며
목마름 달래주던 샘물 같은 분
보석처럼 순결한 베라뎃다 성녀와 만나셨던
동굴 앞에 무릎 꿇으며 제게도 어머니의 은총의 빛살이
흘러들기를 기도합니다.
매일처럼 밀려드는 수 만 명의 순례자들 속에
밤하늘 별들이 쏟아져 내린 듯 광장을 뒤덮은 촛불 행렬
생생히 살아 있는 기적의 역사에 숨이 막힙니다.
아베마리아 천사들의 노래에 실려 하늘로 하늘로 상달되던
간절한 기도의 불빛들
이 순간의 기억만으로도 제 남은 생 더 바람 없습니다.
가혹한 여인의 삶을 침묵 속에 견디며
주님을 드러나게 하신 어머니

지극히 자신을 낮추시며
자녀들의 영혼을 염려하시는
어머니를 통해
나를 그리스도로 온전히 채우겠습니다.

또르메스강가의 동틀 무렵

맨발의 갈멜수도회에는
지금도 썩지 않은 성녀의 심장이 살아 숨 쉬고 있습니다.
2009년 성모승천 대축일
아빌라의 모든 여인들은 성장을 하고
마을 중심에 우뚝 선 아름다운 대성당으로 모여듭니다.

성체가 거양되는 순간 천지를 진동하며 종소리 퍼져 갈 때
제대에 부서져 내리던 금빛 햇살들
온 우주를 소유하듯 그분을 온전히 소유하여
고행과 각성으로 끝내 그분과 합일을 이루셨던 성녀 데레사

불타는 정열 성녀의 심장은 4백 년을 살아계시며
인간을 뛰어넘는 굳은 성덕으로
천상과 지상을 이어주는 신비한 영성으로
주님과 합일을 이루셨던 분입니다.

수도원 중앙 계단에서 마주친 어린 천사에게
"나는 데레사의 예수"라는 음성을 들으신 분

딱딱한 나무토막을 베고 자며
고행과 절제로
완덕을 향해 평생을 없는 듯
예수만을 사랑하신 분
성녀 데레사 또르메스강가에
아침햇살이셨습니다.

까미노 산티아고

길이 있었습니다.
성인께서 맨발로 가신 길입니다.
가도 가도 밀밭과 해바라기뿐
마을도 사람도 없습니다.

성인이 가신 길을 걷고 또 걷습니다.
이글거리는 태양 아래
시간의 구비마다
성인의 등에 매달려 온 나를 바라봅니다.

땅 끝까지 전해진 신앙의 발자취
혼신을 불사른
아득한 첨탑의 별이여
멀고 먼 길입니다.

혹독한 그리움 끝에
종당에는 나만의 까미노
그 길의 징검다리가 되었습니다.

아빌라 성당의 종소리

웅장한 성곽으로 둘러쌓인 아빌라
로마시대 다리를 건너 중세기로 회귀합니다.

오백 년 전 향기 여전한 성곽의 돌
굳게 잠긴 수도원 창살 사이로
검은 수도복을 끌며 걷는 수도자의 발소리에
한낮의 햇살도 숨을 죽입니다.

무거운 쇠종이 무겁게 혼들립니다.
한 번 두 번 세 번
돌 틈에 숨어 있던 화사한 환희의 빛살 한꺼번에
와르르 쏟아져 나옵니다.

골목마다 자욱한 축포의 연기
수도원 지붕에서
폭포처럼 쏟아지는 종소리
아빌라 하늘에 가멸지게 그려지던
핏빛 선명한 맨발의 고행

오늘은 성모님 하늘에 오르신 축일.
무거운 쇠종 속에 잠들고 싶은
짧은 전생의 시간여행
아빌라의 풍경입니다.

파티마 성지

파티마 성모님이
루치아 성녀 작은 마당가에 앉아 우리를 맞아주신다
검게 그으른 얼굴로
뜨거운 햇볕에 벌겋게 달아오른 손을 맞잡고
먼 길 달려온 순례자들에게
오른쪽으로 내려가면 우물이 있노라 일러주신다

가난한 루치아 성녀의 침실에서
양들이 잠을 자는 우리에서
깨알처럼 써 두었던 기도는 촛불 속에 재가 되고
성모님 머리에 빛나는 장미화관
향기 그윽하다

아름다운 자태는 수수한 무명으로 감싸시고
다정한 미소로 상처를 치유하시는 분
"내가 너를 위해 기도한다 아가야
네 사랑하는 이를 위해 기도하거라"
겸손과 가난 속에

간절하게 청하시는
어머니의 메시지

루치아 성녀님의 마당가에서
오늘 파티마 성모님을 뵈었다

통곡의 벽

그래 얼마나 설움 두터웠으면 이천 년을 흘리고도
아직도 눈물을 흘리는 벽이더냐

폐허로 변한 성전을 그리며 울 수 있었으니
차라리 행복한 통곡의 벽이다

나라 잃은 유대 땅 한 많은 여인들
통곡의 벽에 이마를 대고 현실의 고뇌 실타래 풀 듯
뜨겁게 눈물로 풀어내고 있을 때

여인들 곁에 다가가 위로의 말 한 마디 못하고
흩어진 민족 내 나라의 통일과
내 살붙이들의 행복을 비는 염원을
깨알처럼 적어 돌 틈에 끼워놓는다

주님 저녁 식탁

갈릴리 호수가에 해가 지고
어스름 저녁 빛 드리워졌습니다.
베드로는 그물을 거두어 물가로 올라왔지요
종일 모래땅을 걸으신 예수님은
언덕에 모닥불을 피우시고 물고기를 구워
베드로 앞에 내어주십니다
주님의 조촐한 돌 판 위의 저녁 식탁
다정하게 건네주는 물고기 한 마리
이제 주님 다정한 손길 식탁에 아니 계신데
어둠속에 살며시 다가오신 예수께서
베드로야 네가 나를 사랑하느냐? 네가 나를 사랑하느냐?
주님 거듭된 물음 야속하여
베드로는 슬퍼지지요
"예 주님이 아시는 바와 같이……
내 어린양들을 잘 돌보아라."
하늘의 열쇠 건네시고 떠난 차가운 주님 식탁
베드로 눈물로 채워진 갈리리 호수는 깊은 슬픔에
밤마다 속울음 울고 있지요

사람의 아들

과묵하고 부지런한 청년
유대 가문의 신실한 믿음 위에
평온한 일상에 만족하며
거친 나무 매만지며 마을의 궂은일 마다하지 않던
나자렛 그 남자

때때로 말없이 하늘을 우러르는 모습
채워지지 않는 텅 빈 눈빛이
황량한 세상 어디에도 마음 둘 수 없는
나그네처럼 고독한

어느 날 게네사렛 막달라 마리아의 동네에
거리의 여인 애절한 눈빛을 보았네
심장에 걸린 한 조각 초승달
나날이 따뜻한 연민으로 자라듯
한 여인을 위해서라면 두려울 게 없었네

연민으로 시작된 사랑

그를 매달은 숭고한 십자나무 되었고
여인의 죄를 대속한 어린양
나자렛 그 남자
그는 사람의 아들이었네

바뇌의 성녀

나의 목마름 그분만 알리
밤낮 없이 마을을 떠돌며
순례자들 동전 한 닢으로 연명할지라도
이른 새벽 가장 먼저 성모 앞에 무릎 꿇는 여인은
산발한 머리에 낡은 옷을 걸치고
한데 잠을 자는 바뇌의 집시 여인

온전치 못한 정신은 늘 전나무 숲을 헤메어도
내 눈길 성모를 사모하며
어눌한 기도 상달되는 신비를 누가 알리
가난한 이의 어머니 병든 이의 어머니
성모의 발 아래 하염없이 앉아
그분과 나누는 사랑의 밀어는 누가 알까

오늘 눈 마주친 발길 무거운 순례자여
그대의 무거운 짐 내게 주시고
나비처럼 구름처럼 가볍게 떠나시길
이 여정 끝 날에 그대 손안의 은총은

그대 내려놓은 짐의 무게인 것
나는 안 다오, 그분의 따스한 마음을
바뇌 성모 발 아래 꺼지지 않는 촛불처럼
나 또한 성모님 곁을 맴돌며 마을을 지킬 것을
내일의 또 다른 순례자를 위해

게쎄마니 동산

때가 가까웠음을 아시고
칠흑같은 어둠속 게쎄마니 동산 차디찬 바위에 엎디어
통곡하며 피눈물을 쏟으셨던 주님
가슴 저미는 뜨거운 눈물
차가운 돌 위에 고스란히 고여 있는데

주님 심정 모른 채 단잠에 빠져 있던 제자들
이천 년 전 올리브나무 여전히 무심하고
깨어 기도할 수 없던 죄인은
주님 통곡어린 바위 앞에 앉아
닫힌 마음 비로소 눈 열립니다.

고뇌로 밤을 지새우셨던
주님 숨결 훈훈한 바위에 이마를 내리고
당신의 지극한 기도 흉내내어
"아버지의 뜻대로 하소서"
기도합니다.

긴 세월 찢기고 뒤틀린 올리브나무 곁
주님 고뇌 성스럽게 녹아 있는 모자이크 벽화에
눈길 빼앗겨 혼미한 순례자
차가운 겨울비 발길을 재촉합니다.

살을 에는 추위 속에

다마스커스 길목에 넘어져
주님을 만나고
주님께 부름 받은 자리
황량한 벌판 눈밭 너머로 세찬 바람을 안고
그분이 서 계셨습니다.

고단한 순례자에게
처음 가르쳤던 그 말씀을 먹이기 위해
두 팔 벌려 마중하고 계셨습니다.
언 손으로 장막을 길쌈하며
수많은 밤을 한데 잠을 자며
흙먼지를 뒤집어쓰고 걷고 또 걸었던
돌더미 가득한 산자락에
숨 멈출 듯 장엄한 말씀이 휘몰아칩니다.

옷깃을 여미고
몸에 지닌 것들 모아 하얀 눈밭에
가난한 제단을 만들어

세상에서 가장 춥고 가난한 제사를 올리는 순례자
그날 내안에 오신 예수님은
더없이 뜨거웠습니다.

마라의 샘

가도 가도 끝없는 모래 언덕
모래바람을 안고 맴돌던 40년 광야의 삶
타는 목마름 달래준
간절한 샘물 한 줄기 마라의 샘
이집트를 탈출한 유대 유민을 살린
생명의 샘이었다

척박한 사막 수천 년 지켜 온
굽고 비틀어진 고목 곁에서
조촐한 제사를 올리는 이국의 순례자들
모른 척 멀리서 감시하는 남루한 제복의 경찰
눈매 순해지는 저녁이다

이제 샘은 마르고
전설의 땅을 지키는 배고픈 어린것들
가난한 맨발이 가여워 주머니를 털어보지만
뼛속 가득한 목마름을 채울 수 없어라

기적의 바다 홍해를 향해 떠나는 버스에
아쉬운 손짓 보내는 숨죽인 일몰
가난한 오윤무사의 기도가
대추야자 무성한 잎새 너머로
너울너울 오르고 있다
(오윤무사 -오아시스마을의 이름)

골고타 언덕

그 분 십자가 지고 가신
고통으로 얼룩진 그 길
핏물 고인 발자국 위에 상인들 고함소리 난무하고
인간의 죄와 잔악함은
눈길 끄는 이국 풍경에 묻혀버리니
주님은 당신 수난의 길조차
백성들 양식 구걸하는 장터로 내어 주시고
사분오열 나뉘어진 무덤 교회는
모진 인간의 죄를 더욱 드러냅니다.

시신 누워계시던 돌 판에
따뜻한 온기 아직 남은 듯 다소곳이 쓸어보며
한 말씀만 하소서
귀기울여 보지만 차거운 돌 판은 침묵뿐
돌무덤을 휘감는 그윽한 주님의 그림자
무릎 꿇어 통한의 슬픔을 삼킵니다.

주님의 다함 없는 사랑

한 방울 피까지도 내어주시니
무덤 앞에 더욱 목마른 회개의 인파
미로 같은 가파른 계단 끝
어딘가에 있을 부활의 영광을 찾아서
다시 일어섭니다.

네 신을 벗어라

구약에서 신약으로 넘어오듯
이집트에서 이스라엘로 건너오는 길
나일강의 여신은 무엇이 노여우셨는지
길을 막으셨다
울부짖는 백성들의 원망과 비웃음 앞에
광야의 모세는 막막함의 등짐을 지고
산으로 오르셨겠지
근심 속에 초근모피로 연명하며
하느님과 독대하여 사투를 벌이셨을 모세
네 신을 벗어라
하느님의 음성에 비로소 모든 것 내려놓고
주님의 종 홍해의 다리가 되게 해 주소서
하고 기도했을
가나안 입성은 머나먼 길
말씀으로 우리 행로 다리가 되어 주신
약속의 땅 열어주신 주님이 저기에 계신데
이스라엘 국경
살벌한 총부리 눈앞을 가로 막는다

나자렛 마을의 한 여인이

1. 잉태
나자렛 마을에 어린 처녀 마리아에게
은총의 빛 내리시어
하느님의 놀라운 계획이 섬광처럼 쏟아져 내릴 때
두려움 애써 누르고
"저는 주님의 종입니다.
그대로 제게 이루어지소서."
한 치의 의심도 없이 구세주를 받아 안으셨습니다.

밤하늘의 영롱한 별처럼
들의 백합처럼 순결한 나자렛 마을의 한 여인은
에덴동산 이브의 비운을 회복할
하늘과 땅을 이어준
구원의 다리가 되셨습니다.

2. 탄생
캄캄한 세상에 빛이 되어 오신 그리스도
춥고 가난한 모습으로

연약한 어린 아가의 모습으로
구세주 이 땅에 탄생케 하시고
어머니는
구원의 역사 뒤편에 조용히 몸을 숨기셨습니다.

3. 피난
한밤중 폭군의 추격을 피해
아기를 안고 황급히 피난길에 오른 마리아와 요셉
별빛의 인도 따라
남으로 남으로
무거운 발길을 옮기셨습니다

적도의 불볕 태양과 밤이슬 피해
남의 집 처마 밑에 잠시 몸을 뉘이시며
구세주를 안으신 그 손길 얼마나 떨리셨을까
밤낮으로 앞을 가로 막은 모래바람에
얼마나 막막하셨을까

모래사막에 엎드려 생존의 길 간구하며
하늘의 뜻 더욱 깊이 새기셨을
지순한 여인 당신은
성가정의 비원을 비밀처럼 간직하려
실향의 설움 인내와 절제로
평생을 없는 듯 숨어 살며
어린 예수만을 사랑하셨습니다.

4. 눈물
요셉 성인 곁에 뛰노는 어린 예수 바라보며
잠시 일상의 행복에 젖어
그 아들 평범한 사람의 아들이기를 바라셨을 어머니
한시도 잊을 수 없는 가브리엘 천사의 메시지는
때때로 깊은 근심이었고
언뜻언뜻 내보이던 아들의 숨겨진 신성을
두려움과 안타까움 속에 바라보시며
다가올 암울한 고난에

어머니는 묵묵한 노동으로
말없이 눈물의 기도를 올리셨습니다.

5. 수난
때가 되어 하느님의 부르심 따라
서른 세 살 젊음이
골고타 언덕 십자가에 매달릴 때
참혹한 아들의 모습 바라보며
원망으로 울부짖고 싶은 그 마음 어찌 달래셨나요?
심장을 도려내는 비통을
작은 여인의 가슴에 어찌 묻으셨나요?
아들의 싸늘한 주검을 젖은 무릎에 뉘이시며
피에 젖은 상처에서 피어난 천상의 신비를
우리 안에 살아 있게 하시는 어머니
저희는 지금도 매 순간 십자가의 당신 아들을 바라보며
십자가 아래 서 계신 당신의 아픔을
묵상합니다.

6. 위로

부르고 또 불러도 다시 부르고 싶은 내 어머니
보고 또 보아도 다시 보고 싶은 내 어머니
사랑은 이유를 가지지 않고
"예" 하고 순종하는 것임을 보여주신
당신은
진정 하느님의 사랑에 눈뜰 수 있도록
우리의 평범한 삶을 특별한 사랑으로
바꾸어 주시는 분이십니다.

거친 세상에서 매 순간
칠정오욕으로 주님께 드리는 모욕과
독버섯처럼 피어나는 세상의 죄를 내려다보시며
홀로 괴로워 흘리시는 더운 눈물은
봄이면 언 땅 녹여 이름 없는 꽃 피어나게 하시고
골짜기마다 향기로 채워

삶에 지친 우리를 당신 품에 모아
감미로운 위로를 주시며
다함 없는 사랑으로 채워주시는 당신은
죽음의 순간까지도 우리 곁에서 손잡아 주실
사랑하올 어머니십니다.

7. 찬미
어머니,
당신은 진정 구세주의 어머니
고통과 슬픔을 이겨낸
여인 중에 가장 아름다운 여인
가늠할 수 없이 넓고 깊은 사랑을 소유한
어머니 중의 어머니
모든 천사들의 여왕이시니
아드님 그리스도와
천상에서 영원히 찬미와 영광 받으소서.

시와 삶을 잇는 사랑의 연대

윤성희(문학평론가)

순진하게도, 문학이 삶을 구원하는 한 방법일 수 있다는 사실을 아직 믿고 있는 사람이 있다. 삶의 심연에 문학의 촛불을 켜고 그 흐릿한 세계를 천천히 둘러보며 잠시 안도하는 시인이 있다. 서정의 실핏줄 속으로 고요히 침윤되어 가며 비로소 행복을 느끼는 소박한 낭만주의자가 있다. 삶의 남루를 여민 채 시의 촛불 앞에 기도서를 펴고 공손히 묵주신공을 올리는 한 신앙인이 있다. 문학의 어깨에 전 생애를 기대지 않으면 금방이라도 쓰러질 것 같이만 여겨 시를 부둥켜안는 그가 조유정 시인이다. 조유정 시인이 묶어내는 두 번째 시집에는 시와 삶의 끊어버리기 어려운 사랑의 연대連帶가 고스란히 드러난다.

그래서 시인은 단도직입적으로 다음과 같이 쓴다.

지구상에 그놈 하나 있는 것이
내가 사는 이유이다
그놈의 눈빛 하나에
천국에서 지옥으로
지옥에서 천국을 오가며
매일 신열이 난다

그놈 있음으로
사소한 일상 의미가 되고
존재 비로소 새로워지니
그놈 외면으로
잡힐 듯 잡히지 않는 상념에
고통으로 긴 밤을 지새우고
어쩌다 맘에 드는
시 한 귀에 세상을 얻은 양
다시 살고 싶은
이유가 되는 것이다

― <詩라는…> 전문

시인은 자신의 존재 근거가 시에 있다고 말한다. 시에서 삶
의 이유를 발견하고 시를 통해 존재의 갱신을 성취하고자 한
다. 그러면서도 '그놈'으로 지칭된 시의 눈빛 하나에 감정의

격랑을 겪으며 신열과 고통의 시간을 건너곤 한다. 시인은 마치 전존재를 걸고 시와의 열애에 빠져 있는 것처럼 보인다. 설명적 진술에 가까운 <詩라는…>이 부드러운 연가戀歌처럼 들리는 이유도 여기에 있다. 그래서인지 지옥과 천국을 오가며 "어쩌다 맘에 드는/시 한 귀에 세상을 얻은 양" 기뻐하는 그의 시의 대부분은 '사랑'의 언어로 채워져 있다. 호라티우스가 『풍자시집』에서 "사랑에는 두 가지 시련이 있다. 즉, 전쟁과 평화이다."라고 말할 때의 그 '전쟁'과 같은 심리적 갈등 밑바닥에서조차도 사랑의 온도가 느껴지는 것이다.

시집의 제1, 2부를 이루는 시편들에는 곳곳에서 사랑의 감성이 넘쳐난다. 시인이 시의 눈으로 포착하는 주변 풍경들, 가령 꽃, 햇살, 옷걸이 등 생명이 있거나 없거나 형체가 있거나 없거나 한 모든 시적 대상들을 사랑으로 떠받치고 있다. 중년에 만난 어릴 적 친구들, 백령도 앞바다에 수장된 푸르른 젊음들은 말할 것도 없고 이순耳順에 이르는 인생 여정에서 뒤뚱거렸던 자신의 삶 모두를 사랑으로 껴안고 있다. 그는 시를 사랑하지만, 그리하여 그의 삶이 시에 몰입되어 있지만 시의 삶 속에서 만나는 모든 소재들도 깊은 사랑의 물살에 젖어 있다. 물론 삶이라는 굴곡진 자리에 희로애락의 격정이 없을 수 없다. 그러나 격정의 외피를 들추면 그 배후에는 여지없이 다양한 파장을 가진 사랑의 물결이 출렁이고 있다. 그런 점에서 조유정의 시가 발산하는 빛이 있다면 그것은 사랑의 빛에 다름

아닐 것이다. 그리고 사랑의 빛은 '봄'과 '생명'이라는 키워드로 환원된다. 제1부의 '다시 오는 봄처럼'이라는 표제와 제2부의 '생명의 저녁에'라는 표제 자체에서 그런 사실을 단적으로 확인할 수 있다.

제1부는 봄의 이미지들로 꾸며져 있다. '노란 복수초', '물매화', '금낭화', '배꽃', '매화 꽃잎' 등과 같이 구체적으로 명명된 자연 생명체는 물론 '노오란 속마음', '분홍빛 꽃봉오리'와 같은 무명의 지시 대상들을 봄의 감각으로 채색하고 있다. "혹한을 죽은 듯이 살아내며/마른 풀잎 아래/수줍게 여민 노오란 속마음"(<다시 오는 봄처럼> 부분)은 일상에서 무심코 지나칠 수 있는 봄꽃에 불과하다. 그러나 시인은 여기에 사랑을 담아 이를 생동감 넘치는 이미지로 그려내고 있다. 작고 가녀린 것들에 대한 애정을 통해 평범하되 결코 평범하지 않은 생명으로 대상을 대체하여 놓은 것이다. 제2부에서는 사랑의 방향을 자연 생명 세계로부터 구체적인 삶 쪽으로 위치 이동시켜 나가고 있다. 사실 자연 생명에 대한 사랑과 삶에 대한 사랑은 동전의 양면처럼 상호 결속되어 있다. 그리하여 "몸 안의 상처 안고 힘겨운 투병 중에/마른 가지에 물오르듯 하루하루 화색이 도는/사랑하는 당신"(<고맙습니다> 부분)은 '노란 복수초'를 의미하기도 하지만 지하철역 돌계단에서 동전을 구걸하는 걸인(<햇살>)으로 등가화等價化되기도 한다. 복수초를 바라보는 시선은 걸인을 바라보는 시선과 동질화되는 것이

다. 가령, "힘들었을 삶처럼 종일 먼지만 쌓이는 바구니/그를 일으켜 햇빛 세상으로 걸어 나가게 할/오후 3시의 햇살이/소복소복 바구니를 채우고 있다."(<햇살> 부분)는 시적 진술에서 '먼지만 쌓이는 바구니'는 앞서 인용한 시편의 '마른 가지'에 비견되고 '햇살이 소복한 바구니'는 '노란 복수초'와 동질의 파장을 갖는다. 시인의 시적 사유의 근저에는 언제나 사랑의 에너지가 내장되어 있기 때문이다.

> 세상은 아직 적막한 계절
> 어쩌다 넘겨다 본 영원한 세상에
> 오직 여린 너만이 귀를 열어준
> 눈물겨운 생명이구나
>
> 봄의 향연 저만치에서
> 차가운 흙덩이 밀쳐내고 꽃잎 피워낸
> 존재의 무거움에
> 크고 화려한 것을 동경한 내 삶을 사과한다
>   - <노루귀 어린 꽃잎> 부분

"세상은 아직 적막한 계절"이라고 시인은 말한다. '적막'은 완연한 봄의 기미를 보이지 않는 계절감을 지시하기도 하지만 "크고 화려한 것"에 대립되는, 시인을 둘러싼 존재 조건일 수도 있다. 그런 '적막' 속에서 시인은 어린 생명 하나를 발견한다. 이른 봄, "차가운 흙덩이를 밀쳐내고", 때로는 서걱거리는 낙엽 더미를 비집고 "노루귀 어린 꽃잎"이 쫑긋이 귀를 내밀고 있는 풍경을 보는 것이다. 그 작고 여린 것이 아직은 동토凍土와 다름없는 봄추위를 견디고 피어난 줄을 알기에 시인은 "눈물겨운 생명이구나"라는 경탄을 풀어 놓는다. 그러나 시인의 감각은 단순히 작은 생명의 향연에서 경이로움을 느끼는 것으로 멈추지 않는다. 시의 삶 심층에서 출렁이는 사랑의 에너지는 "귀를 열"게 되는 상태의 감각으로 시인을 진화시킨다('귀의 열림'은 노루귀꽃의 개화開花를 다른 표현으로 옮겨놓은 말이면서 화자의 청각적 진동을 의미하기도 하는 것이다). 본시 사랑이란 그런 것이 아니던가. 상대방과의 교감을 거쳐 종국에는 생각과 태도의 변화를 유인하고야 마는 힘인 것이다. 사랑은 무엇보다 존재의 변화를 이끄는 강력한 힘을 가지고 있다. 시인이 마침내 노루귀꽃 앞에서 "크고 화려한 것을 동경한 내 삶을 사과한다"고 고백할 수 있게 된 것도 그런 사랑의 힘에 연원하고 있을 터였다.

존재의 변화를 추동하는 자기반성은 제3, 4부의 시편들에서 신앙적인 성찰을 통해 이루어진다. 아예 '사랑법'이라는 직설적인 표제를 달고 있는 제3부와 제4부는 지상과 천상을 부지런히 오가는 한 신앙인의 신앙고백문이다. 신앙고백은 신의 완전성과 인간의 불완전성에 대한 통찰로부터 시작된다. 따라

서 신앙고백의 선행 조건은 철저한 성찰과 자기반성일 수밖에 없다. 가령, "세상에서 가장 비천한 여인에게/돌을 집어든 내 손 부끄럽"(<사랑법> 부분)다는 반성적 의식이 신앙고백의 필요조건이 되는 것이다.

> 부끄러운 마음 추스려 다시
> 세상으로 걸어 나올 때
>
> — <십자가 위에 한 사람> 부분

> 내 생명의 저녁에
> 님께서 손 내밀며 나를 마중하시면
> 희고 고운 손 부끄럽겠다
>
> — <생명의 저녁에> 부분

이와 같은 '부끄러움'에 대한 성찰을 필요조건으로 하여 시인의 사유는 자연스럽게 절대적인 완전자에 대한 사랑으로 나아간다. 물론 완전자에게로 나아가는 중간과정에는 신앙의 멘토들에 대한 흠모와 공경의 시심이 따스하게 묻어나고 있다. 성서 속의 인물들, 순교자들, 신앙의 수범을 보여주는 이 땅의 사제와 수도자들이 시인에게는 항상 따르고 본받아야 할 대상이다. 그들 앞에서 시인은 고요히 자신을 낮추며 귀 기울여 침묵의 언어를 듣곤 하는 것이다.

어떻게 살아야 하나 가슴에 명제 하나씩 안고
낮은 곳에서 높은 곳으로
다시 나를 낮추며 걷는 시간
시린 코끝에 와 닿는 황토 내음
서러움 견디며 쫓기듯 걸었던
님들의 불안한 눈빛
마른가지 사이로 언뜻 지나갑니다.

시린 가슴 드러낸 산자락
어딘가에 웅크린 어린 짐승의 숨소리 들리는
바람의 발자국마다
님들의 무언의 향기가 은총처럼 쌓여갑니다.
― <님들의 발자국> 부분

화자가 걷고 있는 길은 "성거에서 배티까지" 신앙의 선조들이 남긴 자취를 따라 가는 순례 공간이다. 200여년 전 박해 시절에 선교사를 비롯한 신자들이 신앙을 지키기 위해 숨어살던 곳이었고, 신앙 공동체끼리 은밀히 교신하던 산속 통로이기도 했다. 이곳을 오가던 많은 신자들 중 일부는 박해의 칼끝을 피하지 못하고 끝내 순교로써 자신의 신앙을 증거할 수밖에 없었다. 화자는 "서러움 견디며 쫓기듯 걸었던" 선조들의 행로를 추체험하면서 그들의 삶에 자신을 동화시키고 있다.

그들의 눈에 서렸을 불안의 기미며 몸을 웅크린 채 억누르고 있었을 숨결 속에 화자의 삶을 포개 놓으면서 그들로 하여 자신 또한 '은총'을 누리고 있다고 믿는 것이다. 순교 성지를 배경으로 씌어진 <소학골의 가을> 연작, <순교의 얼 강물 되어> 등의 시편들 또한 마찬가지여서 삶과 신앙을 일치시킨 순교자를 영성의 멘토로 여기며 공경심을 아끼지 않는다. 이와 같은 태도는 하느님의 현존 안에서, 삶의 절대적인 기준인 말씀 안에서 살고 싶다는 구도적 욕망이 표출된 결과일 것이다.

이 시집의 후반부에 배치된 상당수의 여행 시편들 역시 성지 순례의 여정에서 얻어진 작품들로 보인다. 성지 순례란 일상을 벗어난 새로운 세계 속으로 들어가서 성인의 삶에 얽힌 전승傳承을 체험해 가며 자신의 신앙적 정체성을 확보해 내는 일이다. 또한 시인이 믿어 의심치 않는 그리스도의 삶과 죽음, 부활의 배경을 찾아 이동하는 가운데 자신이 소속된 신앙공동체와의 일체감을 거듭 확인하는 일이기도 하다.

주님 저희가 여기에 왔습니다.
주님 발자취를 따라 여러 날 쉼 없이 달려왔습니다.
말씀 속에서 만나던 아련한 그리움 간직한 채
주님이 걸으셨던 갈릴리 호수가를
손잡고 걷고 싶은 마음으로
저희가 여기 왔습니다.

더 이상의 설명이 필요 없을 정도로 시인이 순례의 여정을 시작한 동기가 직접적으로 언술되어 있다. 이와 같은 과정을 통해서 획득된 정체성이나 일체감은 완전자인 그리스도에 대한 사랑의 고백으로 이어진다. "이 세상 어떤 말로도 표현할 수 없는/주님에 대한 사랑을 고백합니다"고 말할 때 시인의 의식의 지향은 이미 그가 사랑하는 '주님'에게로 몰입되어 있던 것이다. 그리하여 조유정의 시집에서 '님', '그분' 등으로 통칭되는 절대자에 대한 사랑은 "북받치는 환희 밀물처럼 차오르고", "부활의 기쁨으로 대답하겠"(<네, 주님>)다는 영적 충만으로 이어진다.

옷깃을 여미고
몸에 지닌 것들 모아 하얀 눈밭에
가난한 제단을 만들어
세상에서 가장 춥고 가난한 제사를 올리는 순례자
그날 내안에 오신 예수님은
더없이 뜨거웠습니다.

충만은 무결핍의 상태를 가리킨다. 비록 시인을 둘러싸고

있는 주변 정황이 '춥고 가난'할지라도 '더없이 뜨거운' 정신
의 고양을 통해 시인은 부요와 충만을 누릴 수 있다. 내안에
'그분'이 들어와 계신다고 믿기 때문이다. '그분'이 와 계심으
로써 존재의 결핍과 불완전성은 그 즉시로 극복될 수 있다. 시
인에게 '그분'은 그를 살게 하는 호흡과 같아서 잠시도 멈출
수 없는 존재의 핵심이다. '그분'으로 인하여 시인은 존재의
확장을 성취할 수 있으며 내적 성숙의 단계로 진입할 수 있게
된다. '그분'으로 인하여 시인이 꿈꾸는 사랑의 밀도는 보다
끈끈해질 수 있게 된다. 시인에게 '그분'이 존재하는 이유이
다. 사정이 그와 같기에 시인은 무엇보다 '그분'의 삶에 동참
하는 것을 기쁘게 받아들이며 '그분'에게 찬미와 사랑을 바치
는 것을 절대가치로 여긴다.

　이번 시집에 수록된 시들을 통하여 시인의 의식의 지향을
읽을 수 있는 열쇠는 역시 사랑이었다. 사랑이라는 언어는 가
장 흔하고 낡아빠진 소통의 도구이지만 한편으로 가장 신선하
고 강력한 충격 장치일 수 있다. 시인이 세계를 읽고 자신의
삶 전체를 투사하여 '그분'에게 나아갈 때 사랑보다 더 절실한
언어는 없을지 모른다. 그러나 아무리 값진 언어라 할지라도
그것이 자신에게만 국한된 가치라면 의미는 반감되어 낡은 언
어로 전락하고 만다. 그래서 시인이라는 존재는 항상 시의 새
로움을 확장시키고 새로운 시를 초대하는 데 힘을 쏟아야 한
다. 물론 시인은 그가 몸담고 살아가는 세상의 평범한 한 구성

원이다. 그래서 그가 참여하는 세상의 언어로 사고하고 표현
하며 소통하게 된다. 소위 말하는 일상의 언어를 사용하는 존
재이다. 그럼에도 불구하고 시인은 일상어를 시적 언어로 바
꾸어 놓는 사람이어야 한다. 시인은 그의 시인됨을 표징하는
차별적 언어를 사용하여 세계를 읽거나 상상한다. 시적 언어
는 삶으로부터 만들어지면서도 그 구체적 실존을 벗어나기 위
해 몸부림친다. 그래서 종종 알쏭달쏭한 주문呪文을 쏟아내기
도 하며 현실 바깥세상과 교신交信하기도 한다. 일상적 의미의
소통은 시의 언어가 도달하고자 하는 목표가 아니기 때문이
다. 시적 언어의 목적지 혹은 도달점은 구체적 청자 혹은 독자
이다. 미학적 성취를 통해 독자를 설득하려는 노력이 없이 자
신의 신념을 주입하는 데 힘을 쏟는다면 동어반복의 함정에서
벗어날 가능성이 그만큼 좁혀질 수밖에 없다. 조유정 시인에
게 바라는 바가 있다면 바로 그 지점에 대한 성찰이다.

본명 조춘자. 2006년 등단. 2007 첫 시집 「내삶에 빛이 되신」 출간.
천안문인협회회원, 충남문인협회회원, 대전충남가톨릭문학회원 천안낭송문학회
회원, 한내문학회회원, 천안 엔젤유치원장.

주소 : 충남 천안시 서북구 쌍용동 1561 엔젤유치원
Tel : 041) 579-6755   H.P : 010-9705-9908
Email : matilta7@hanmail.net

이 세상 어떤 말로도

초판 1쇄 인쇄일	2010년 12월 22일
초판 1쇄 발행일	2010년 12월 29일
지은이	조유정
펴낸이	정진이
총괄	박지연
편집 · 디자인	이솔잎 채지영
마케팅	정찬용
관리	한미애 김민주
인쇄처	월드문화사
펴낸곳	새미

등록일 2005 13 14 제17-423호
서울시 강동구 성내동 447-11 현영빌딩 2층
Tel 442-4623 Fax 442-4625
www.kookhak.co.kr
kookhak2001@hanmail.net

ISBN	978-89-5628-566-5 *03800
가격	9,000원

* 저자와의 협의하에 인지는 생략합니다.
새미는 국학자료원의 자회사입니다.
잘못된 책은 구입하신 곳에서 교환하여 드립니다.